Le Pass'Temps

Les Joyaux de la couronne

Scénario : Carbone
Dessin et couleurs : Ariane Delrieu

Jungle

À Imane, Maïa et leur formidable maman, Lou.
Merci à Ariane pour avoir donné vie à Marie et Léo,
Merci à Estelle et Mélanie pour leur confiance...
Merci à Rebecca pour son soutien sans faille !

CARBONE

À Guillaume et Coraline, mes deux indispensables…
Merci à Bénédicte pour cette belle aventure qui commence,
et à Estelle et Mélanie pour nous y accompagner.
Merci à Bruno Genini, président de BD BOUM,
et à Sébastien Duforestel, pour leur accueil et leur aide.
Merci à Emmanuelle Plumet, responsable Ville d'Art et d'Histoire à Blois,
pour ses précieux conseils,
et à Fabien Marzi, guide du château,
pour cette belle visite et ses réponses à mes questions.

ARIANE

Jungle est une maison d'édition du groupe Steinkis.

Retrouve sur le site des éditions Jungle www.editions-jungle.com
des suppléments sur Le Pass'temps à télécharger en ligne.

Crédit photos
page 56 : photo de l'aile François Ier
page 56 : photo de l'aile Louis XII
shutterstock.com

page 52 : French Queen : Anne de Bretagne - 15th-16th century,
auteur : Erica Guilane-Nachez Fotolia

ISBN : 978-2-822-21525-1

Deuxième édition : Novembre 2017

Achevé d'imprimer en France par PPO. Dépôt légal : septembre 2016

SALUT !
Coucou, Mamie !!
Bonjour, mes chéris ! Vous allez bien ?
Super, dis, on peut aller dans le grenier ?
C'est pour le carnaval !
MERCI !
Vous trouverez sûrement votre bonheur !
PREM'S !

Alors, qu'est-ce qu'il y a de beau là-dedans ?
Moi, je veux une robe de princesse !
Moi, un costume de pirate !
Finalement en chevalier, ce serait cool !
Léo ? Qu'est-ce que tu en dis ?
Dommage qu'il manque un miroir ici !
Moi, il me faudrait une tunique...

Avec une grand-mère costumière, impossible qu'il n'y en ait pas !
Tant pis ! On ira dans la salle de bain...
Qu'est-ce qu'il est beau !
Zut ! Il est beau mais tout sale !
TADAAAM ! JE LE SAVAIS !
SUPER ! Pousse-toi !

CLIC !
Ça a bougé !!
Mais non, t'as des visions !
JE TE JURE !
CLIC !
CLIC !
ZZZZZZZZIOUFF
OH !
WHAAAAAA....

NOOOON !
À L'AIDE !
FFFIUUUU
AU SECOURS !!
ZOUUUUFFFF
NON !
ZZOUUUUFFF

MARIIIIIE !!
LÉO ! TA MAIN !
OUTCH !

AÏE ! Mon coude !
À part ton coude, ça va ?
Je vais bien, mais, qu'est-ce qui s'est passé ?
Aucune idée !
J'ai rêvé ou on a été aspirés par cette chose ?
IMPOSSIBLE !
Y a un truc !
Je ne vois pas pourquoi tu dis ça !
Si, regarde bien, y a forcément un truc !
On est bien d'accord ! Parce qu'une chose est sûre…
QUOI ?

...On n'est PAS dans le grenier de Mamie !

On dirait un château...
Quel sens de l'observation !
C'est une caméra cachée... ou le tournage d'un film ?
Un point sur cette ligne... Cinq sur celle-ci... Et un autre point en-dessous, et un autre là...
MARIE ! VIENS VOIR !
ATTENDS !
Se pourrait-il que ce soit... un code ? Ou bien...
NON ! IL FAUT que tu voies ça !!

NON ! Pince-moi…
ou dis-moi qu'on rêve tout éveillés ?
TIP
TIP
CRiii
LISON !
LISON !
Que vais-je faire ?
Madame !
Je vous supplie
de vous calmer !

* « Bon sang ne saurait mentir » signifie qu'une personne de haut rang dit toujours la vérité.

** « La messe est dite » signifie qu'il n'y a plus d'espoir.

Impossible de prévenir Père !
Il comprendra certainement !
NON ! Il ne pense qu'à son duché... et ses richesses !
Et le Côte-de-Bretagne fait partie de ma dot, sans lui, le mariage est compromis !
Je sais, mais cessez de pleurer !
Ah, Fichtre ! Mon mouchoir !
Nous allons trouver une solution, Madame !

En attendant, je vais continuer de pleurer !
ZBROUFFF!
AAAA
Chhhuut !!
TCHAAAAA

QU'EST-CE-QUE... ?
PAR TOUS LES SAINTS !!
QUI EST LÀ ?
N'ayez pas peur !
Appelons les gardes, Madame !
N'avancez pas ou je crie !
NON ! Par pitié, ne criez pas !
Nous ne vous voulons aucun mal !
Oh, mon Dieu ! Oh, mon Dieu !

Mais QUI êtes-vous ?
MADAME !
Je suis Marie et voici mon frère, Léo !
Que faites-vous dans ma chambre... Sous MON LIT ?
C'est une longue histoire !
OH NON ! JE SAIS ! Rendez-nous le Côte-de-Bretagne que vous avez dérobé, MANANTS !
NOUS ?! On n'a rien volé !
Alors, que faites-vous là ? Je vous somme de vous expliquer !
Pas sûr que vous nous croyez...
... si on vous dit qu'on est arrivés par là !

Vous vous moquez de nous ?
NON ! C'est la stricte vérité ! Nous venons du XXIe siècle !
Un voyage dans le temps... à travers une psyché ? Comment est-ce possible ?
SORCELLERIE !
Et vous, qui êtes-vous ?
Mais enfin ! Madame est Claude de Bretagne, fille d'Anne de Bretagne et de Louis XII !
Claude de Bretagne, LA REINE DE FRANCE ?!
Non, je ne suis que comtesse de Milan, et un jour, je serai reine de France... si Dieu le veut !

Nous sommes le 17 mai 1514.
Nous sommes à Blois en pleine Renaissance, alors ça signifie que...
Que QUOI ?
1514
2016
Tu nous as envoyés en 1514 !
Mais COMMENT j'ai fait ça ?
En tripotant les anneaux, là ! Les points que j'ai remarqués ne sont pas un code ! un - cinq - un - quatre, c'est une date !
On a voyagé dans le Pass' Temps...
Quel joli nom ! Tu as trouvé ça où ?
Ça m'est venu comme ça !
Le Pass' Temps ? L'oeuvre du démon, oui !
D'où vient ce miroir ?
Je ne sais pas ! Je l'ai toujours connu là...
Alors le miroir de Mamie est une véritable antiquité ?
Oui, on dirait bien !

Marie, comment on va rentrer… en 2016 ?
Je ne sais pas, Léo.
On dirait que nous avons chacun nos problèmes. Vous pour rentrer chez vous, et moi retrouver mon bijou !
Vous les croyez, Madame ?
Pour votre Côte-de-Machin, on peut peut-être vous aider !
Vous feriez ça ?
Bien sûr ! Quitte à être coincés en 1514, autant que l'on serve à quelque chose !
Et comment deux enfants pourraient retrouver le Côte-de-Bretagne ?
ENFANTS ? Vous ne semblez pas beaucoup plus agée que nous !
BIEN ENVOYÉ, MARIE !
Ce n'est pas le moment de se chamailler. J'accepte toutes les bonnes âmes charitables !
Oui, toutes mes excuses, Madame…

Et il ressemble à quoi, ce bijou ?
C'est un spinelle, une pierre rouge montée sur une broche en or.
O.K. et où était-il ?
Là-bas !
Où ça là-bas ?
Par ici !
Mais où sommes nous ?
C'est la caverne d'Ali Baba ici !
La caverne de qui ?
Heu non... Laissez tomber !
Le paradis des princesses !
Ce ne sont que mes tenues et mes bijoux...

Bon les filles, je ne veux pas vous déranger mais bon… Il était où le Côte-de-Bidule ?
Dans cette boîte, dans ce petit meuble.
D'accord. Et combien il y a d'entrées ?
Deux ! Celle… par laquelle nous sommes venus, mais c'est impossible que quelqu'un soit passé par là, je n'ai pas quitté ma chambre de la journée…
… et celle-là, donnant sur le couloir.
Donc le voleur est forcément entré par là !
IMPOSSIBLE !
Pourquoi ?

Parce que...
Arthur et Victor sont des gardes de confiance !
Sauf que pour une bourse d'or, l'un d'eux aurait pu vous trahir !
NON ! PAS VICTOR ! PAS LUI !
De toutes les manières, ça ne peut être que quelqu'un de l'intérieur, alors interrogeons-les !
Excellente idée !
On dirait bien que les gardes ont déserté leur poste...

TAP TAP TAP
HEIN ?!
Que se passe-t-il ?
À TOI de nous le dire !
Où ÉTAIS-TU ?

* latrines signifie : les toilettes.

Au contraire, ces jeunes gens nous apportent leur aide.
Tout ça ne nous dit pas OÙ est Arthur ?
Je n'en sais rien, je l'ai laissé à son poste !
Vous n'avez rien remarqué de bizarre ?
Si ! Il avait l'air contrarié, mais il n'a rien voulu me dire. J'aurais du me méfier, surtout quand...
QUAND QUOI ??
... il m'a fait boire une affreuse mixture, soi-disant un breuvage de son père...
ET TU L'AS BUE ?! Il a profité de ton absence pour voler la pierre !!
Si j'avais su...
Avec des si on mettrait Paris en bouteille !
Quoi ?
Non, rien.

* Claude de Bretagne était boiteuse.

SUIVEZ-MOI !
Cool, l'escalier secret !
BLAM !
Nous avons pris le chemin le plus court pour la ville, il ne doit pas être loin !
Le… plus… court ?
Faut que je m'entraîne plus en sport !

C'EST PAS LUI LÀ-BAS ?
SI ! SUIVONS-LE DE CE PAS !

On ne l'arrête pas ?
On est trop loin ! Et avec un peu de chance, nous aurons aussi le commanditaire !
À COUVERT !
En même temps, il ne nous connaît pas !
Parlez pour vous !
La voie est libre ! Bien heureux qu'il ait la vue basse, ce maraud !
TOC TOC

* Le porc-épic était l'emblème de Louis XII.

Y en a encore pour longtemps ?!
Non !
ÇA BOUGE !
ON Y VA !
Attends qu'il ait tourné.
Ta soeur a raison. Évitons qu'on ne lui vienne en aide.
MAINTENANT !

Fichue robe !
QU'EST-CE-QUE...?
ARRÊTE-TOI !
NON !
HOP !
AH !

LÉO !
LÂCHE-MOI ESPÈCE DE...
TRAÎTRE !
BAM
AAAAAAAH !
Bien joué, Marie !
Comment as-tu pu faire cela ? M'empoisonner, voler le Côte-de-Bretagne ?!

QUI t'a engagé ?
Je... je ne sais pas ! Je te le jure, je ne l'ai fait que par amour ! Ma promise... son... son père me trouve trop pauvre pour me donner sa main... Je devais...
Tu préfères la TRAHISON à LA LOYAUTÉ, tu me dégoûtes !
Si tu ne veux pas subir la sentence de Louis XII, DONNE-MOI VITE LE BIJOU !
Je ne l'ai plus : c'est... c'est... un cavalier qui...
On surveille la ruelle, Victor !
QUI QUOI ?
Il doit quitter la maison d'ici peu de temps !
Tu ne m'es plus d'aucune utilité, alors tu vas subir MA sentence !
NON !

ÉPARGNE-LE !
ÉPARGNER CE SCÉLÉRAT ? À la seule condition que vous trouviez quelque corde pour l'attacher !!
J'ai ça !
Trop forte, sister !
Parfait !
HÉ !
Oh non ! On lui court après ?

NON, on doit arrêter le cavalier !
Heu, comment on fait ça ?
Nous trouverons ! Mais remontons les degrés !
Ah, ici on dit degrés pour escaliers !
Et il y en a autant que de porc-épics !
Et Arthur ?
Que veux-tu qu'il fasse ?
Il va aller se terrer en quelque endroit mais je jure que je le retrouverai !
Bon. Réfléchissons… à cheval, il passera forcément par cette porte cochère !
T'es sûr ? Parce que si on se trompe…
Adieu le Côte-de-Bretagne !

Vous voyez ce que je vois ?
Heu... je crois qu'il me faut des lunettes...
Des bésicles, veux-tu dire ?
Oui, oui ! Car moi, j'vois qu'un tonneau.
Et ce sera parfait pour arrêter une monture !
Postons-nous là discrètement.
En espérant qu'il soit seul...
Sinon ça va être chaud !
Le voilà !

ALLEZ, POUSSEZ !
UN...
DEUX...
TROIS !
BROMMBROOOMMM
CATACLOP
CATACLO
WHAAAH !
Hiiiiiiiiiiiii
BOM MMBROOMMBROOMMB

CLOP
CLOP
CLOP
CLOP
AH !
NON !
VAS-TU T'OUVRIR, SALETÉ ?!
Vas-y, Victor ! Mets-lui une raclée !
AH ! JE L'AI ! JE L'AI !

VICTOR ! VICTOR ! Marie a le Côte-de-Bretagne !
COUREZ ! RENDEZ-VOUS PRESTEMENT AU CHÂTEAU !
Je vais te faire parler, fieffé maraud !
GROUILLE, LÉO !

TAP
TAP TAP
TAP
TAP
TAP
Tu es sûre qu'on va dans la bonne direction ?
HA
HA
HA...
OUI !
REGARDE LÀ-HAUT !
ALLEZ LÉO ! Par là !

J'en peux plus !
ALLEZ, COURAGE, LÉO !
HA... HA... HA...
On n'est... même pas sûrs... que c'est... par là...
SI ! C'EST PAR LÀ !
VICTOR !
Et le cavalier ?
Ne t'inquiète pas !
Il n'est pas près de se réveiller !
Alors pourquoi ON COUUUURT ?!

Parce que la princesse part d'ici peu pour ses épousailles !
Nous y voilà. Fermée de l'intérieur évidemment !
Piouf !
Confiez-moi le bijou et restez là, je reviens vous ouvrir !
Oui, il sera plus en sécurité avec toi c'est vrai !
Je serai rapidement de retour !
Cinq minutes ont passées...
Tu crois que tu as bien fait de lui confier ?
J'espère...
Allons rendre cela à sa propriétaire !
OUF !
OUF !

ALORS ?!
Les enfants vous rapportent votre bien le plus précieux.
OH, MERCI ! MILLE MERCIS !
Quelle joie de revoir le Côte-de-Bretagne !
Moi, je retourne à mon poste...
Merci, Victor !
OH... !
Euh... mes respects, VOTRE ALTESSE !
Chhhht !
Hâtez-vous de vous cacher !

Tout est prêt, ma fille ? Pouvons-nous partir pour Saint-Germain-en-Laye ?
Presque, Père !
Parfait, alors nous partons dans l'heure !
Je serai prête !
CLAC !
C'était Louis XII juste là ?
Oui ! Maintenant, il faudrait remettre la pierre dans son écrin.
Tu as raison, ma Lison ! En tous cas merci, je ne sais pas ce que j'aurais fait sans vous !
C'est grâce à Victor !
OUAIS ! IL S'EST BATTU COMME UN LION !!

C'est surtout à cause de lui qu'Arthur a pu dérober le bijou !
Ne sois pas si dure avec Victor ! Je sais que tu l'aimes, alors, sois indulgente...
Moi, je me marie par raison. Mais TOI, tu peux te marier par amour ! Ne gâche pas ça !
Oui, Madame...
Je m'en vais vérifier votre trousseau.
Tu as raison, assure-toi que rien ne manque !
Et nous, on va essayer de rentrer chez nous...
Chez Mamie, en 2016 !
Dans plus de 500 ans... C'est inimaginable...
OUI ! Je veux retrouver ma télé et mon ordi !!
Tu lui parles chinois là, Léo !

En 2016, on a l'éléctricité, des W-C, de l'eau courante...
Et pour aller à Saint-Germain, on prend le train ou la voiture !
Vos bagages sont finis !
Bon. Concentrons-nous ! Comment as-tu fait pour activer le Pass'Temps, Léo ?
Comme ça ! Enfin, je crois...
RAAH... ça ne marche pas ! Ça ne marche pas !
Ne vous énervez pas !
Patience et minutie...
J'ai eu le temps d'étudier le mécanisme durant votre absence !
CLIC!
... Et voilà !

ÇA MARCHE !
ON VA POUVOIR RENTRER CHEZ NOUS !

Il est temps de se quitter... Jamais je ne vous oublierai !
Nous non plus, votre Altesse !
Ça, c'est sûr !

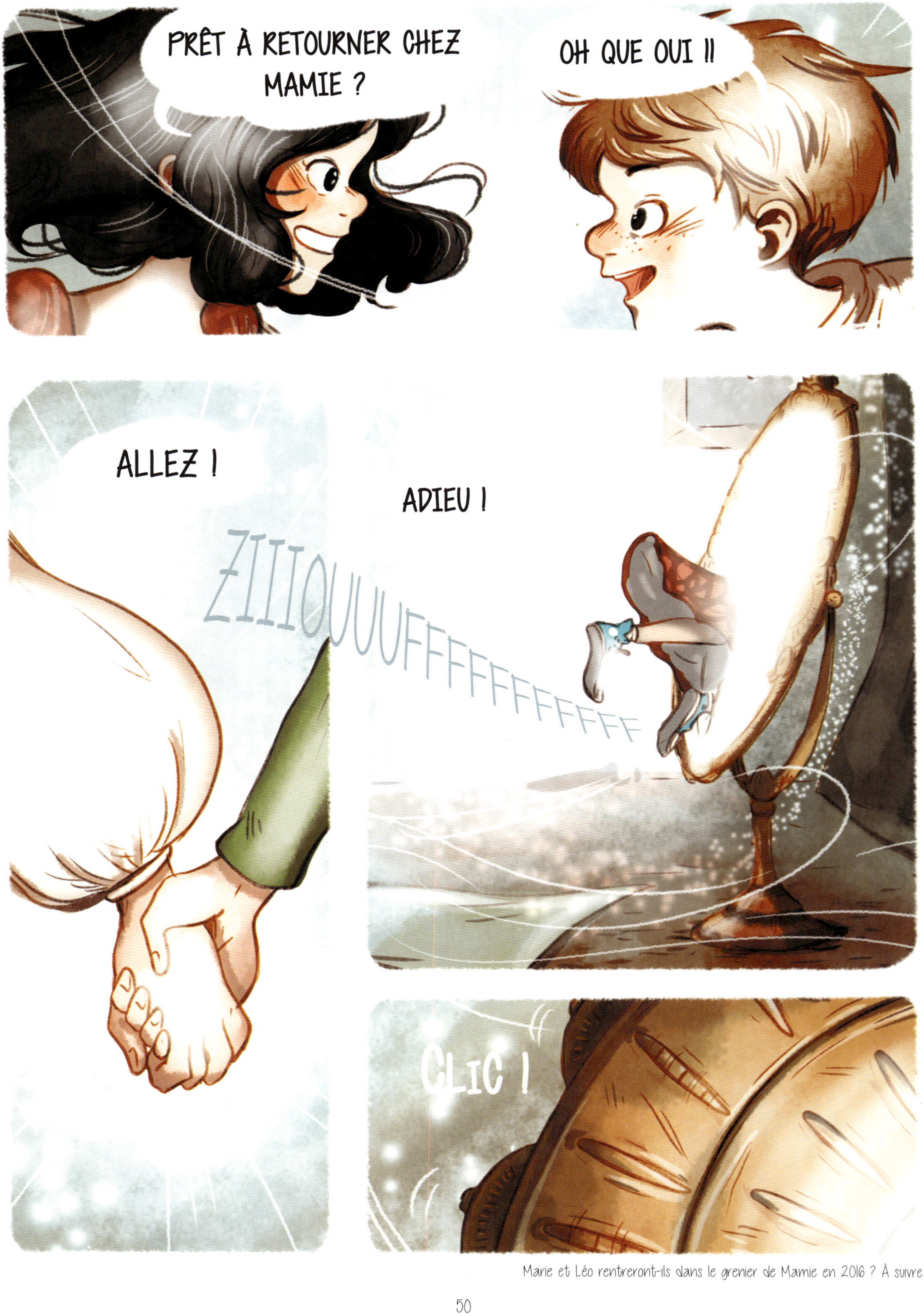

Marie et Léo rentreront-ils dans le grenier de Mamie en 2016 ? À suivre...

Le Pass'Temps

SUPPLÉMENT HISTORIQUE

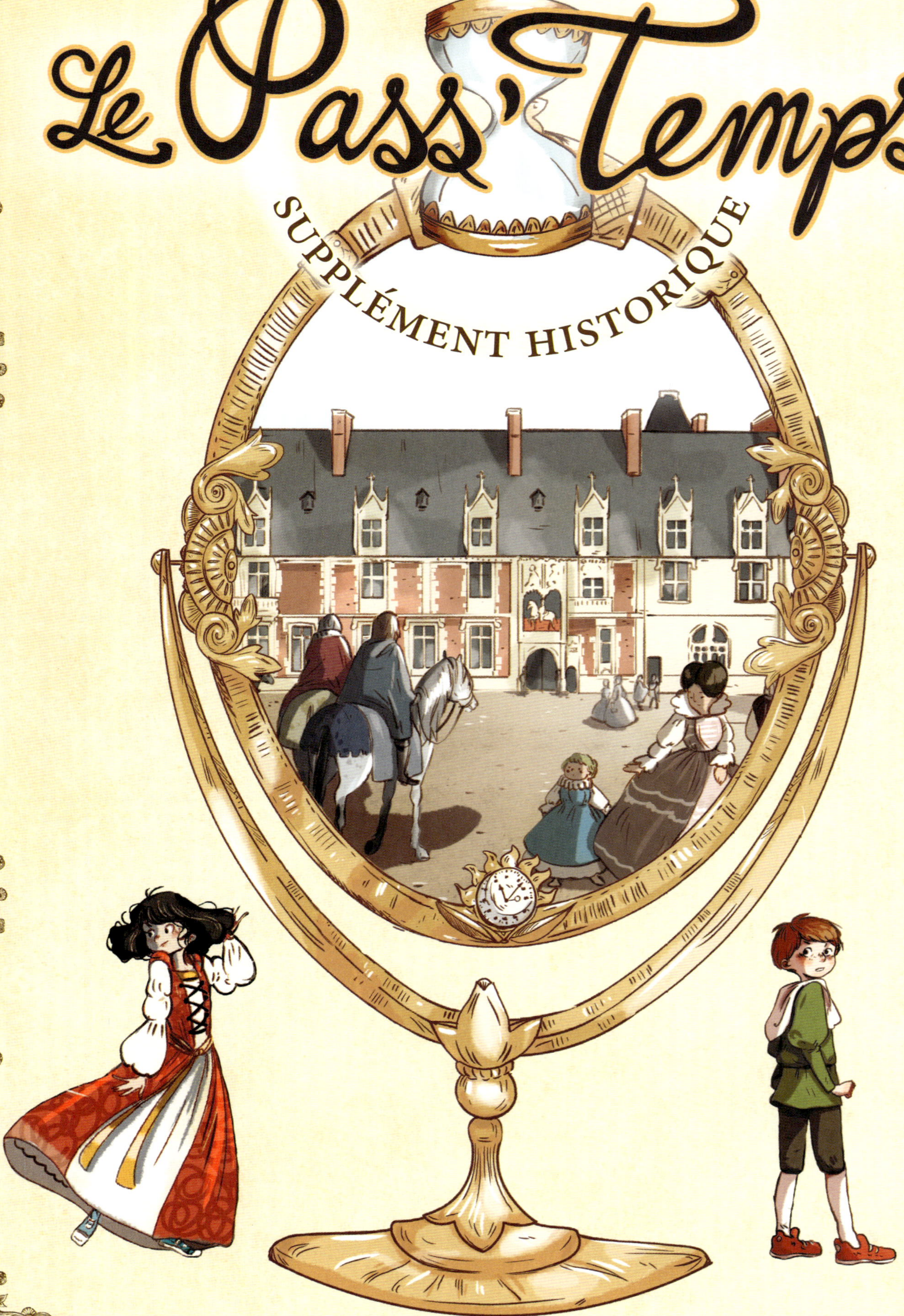

Les personnages historiques qui ont inspiré cette histoire

Cette fiction se déroule le 17 mai 1514

* * *

Ses parents

Anne de Bretagne

Née le 25 ou 26 janvier 1477
à Nantes.
Elle meurt le 9 janvier 1514
à Blois.

Louis XII

Née le 27 juin 1462
à Blois.
Il meurt le 1er janvier 1515
à Paris.

CLAUDE DE BRETAGNE

Claude est née le 13 octobre 1499 à Romorantin. Elle est duchesse de Bretagne en 1514 (héritage de sa mère), reine de France en 1515, comtesse de Soissons, de Blois, de Coucy, d'Étampes, de Montfort, mais aussi duchesse de Milan. Elle est la fille du roi Louis XII et de la duchesse Anne de Bretagne. Elle reçoit son prénom en hommage à saint Claude que sa mère avait invoqué lors d'un pèlerinage afin qu'elle puisse donner le jour à un enfant viable.

Cependant, si Claude peut succéder à sa mère sur le trône de Bretagne, elle ne peut comme fille succéder à son père sur le trône de France.

Après le décès de sa mère (janvier 1514), Louis XII la marie le 18 mai 1514 à son cousin le comte d'Angoulême, le futur roi François Ier, dans la chapelle du château vieux de Saint-Germain-en-Laye. La duchesse Claude ne gouverna jamais la Bretagne car elle ne s'intéresse pas à la politique.

Elle meurt à l'âge de 24 ans le 20 juillet 1524, après avoir eu sept enfants.

Autant François était grand et athlétique, autant Claude était petite, chétive, boiteuse et accablée d'un strabisme de l'œil gauche. De nature discrète, elle ne cherche pas à se faire sa place à la Cour. Surnommée La Bonne Reine, elle est très douce, en son honneur, une variété de prunes porte son nom : la REINE-CLAUDE.

On ne le voit pas dans la bande dessinée mais on ne peut parler de Claude de Bretagne et de la Renaissance sans présenter François Ier. François Ier est le cousin éloigné de Claude : il va devenir son mari.

François Ier, fils de Charles d'Angoulême et de Louise de Savoie, est né François d'Orléans le 12 septembre 1494 à Cognac.

Il a de nombreux titres : il est d'abord comte d'Angoulême en 1496, puis duc de Valois, d'Orléans et de Romorantin en 1498. Il épouse Claude le 18 mai 1514 et devient duc de Bretagne. Lorsque Louis XII meurt sans héritier mâle, il est sacré roi de France le 25 janvier 1515 en la cathédrale de Reims.

Puis cinq ans après le décès de Claude, il épouse Éléonore d'Autriche, la soeur de son grand rival Charles Quint.

François Ier est considéré comme le roi emblématique de la période de la Renaissance. Il a permis le développement des arts et des lettres en France. En 1539, François Ier proclame le français comme langue officielle. Sur le plan militaire et politique, son règne est ponctué de guerres et d'importants faits diplomatiques. De très grande taille, brave au combat, brillant orateur, grand amateur d'art, François Ier est à la fois le dernier roi « chevalier » et le premier roi moderne. Il règne jusqu'à sa mort le 31 mars 1547 à Rambouillet.

Les joyaux de la couronne et le Côte-de-Bretagne

Les joyaux de la couronne de France, ou diamants de la couronne de France, sont un ensemble de bijoux dont l'origine remonte à François Ier. Volés en 1792, revendus en partie à la fin du XIXe siècle, les bijoux sont aujourd'hui dispersés. La pièce la plus célèbre est le diamant blanc le « Régent », conservé depuis 1887 au musée du Louvre. Il y a également : Le Sancy, le Bleu de France, le Grand Saphir, une grande chaîne formée de 45 diamants, le diamant rose dit « Hortensia » et le spinelle dit « Côte-de-Bretagne ».

Ce spinelle a appartenu à Marguerite de Foix, puis à sa fille, Anne de Bretagne et à Claude. C'est la seule pierre d'origine qui subsiste de la liste de François Ier. Elle fait donc partie de la dot de Claude. La pierre ne prendra sa forme actuelle que sous Louis XIV : la pierre est alors taillée en forme de dragon et montée sur une décoration de l'ordre de la Toison d'Or, en diamants et pierres de couleur. Ce dernier bijou, contenant le « grand diamant bleu de Louis XIV » et le spinelle-dragon, est volé lors du pillage de l'Hôtel du Garde-Meuble en septembre 1792. Le spinelle sera récupéré par Louis XVIII vers 1796 et versé au fond reconstitué des joyaux de la couronne en 1824. Depuis 1887, il est au musée du Louvre.

Le spinelle et toison d'or

Début de la Renaissance avec la chute de Constantinople
• 1453

Impression de la première Bible à Mayence par Gutenberg
• 1456

Découverte de l'Amérique par Christophe Colomb
• 1492

Découverte des Indes par Vasco de Gama
• 1497

La Renaissance

La Renaissance est une période de l'époque moderne, qui marque la fin du Moyen Âge et s'étend du XIVe au XVIe siècles. Elle s'accompagne d'un renouveau de la littérature, des arts, des sciences mais aussi des échanges culturels et des bouleversements religieux... On parle de « Renaissance » artistique au sens où les œuvres ne s'inspirent plus du Moyen Âge mais de l'art gréco-romain. La Renaissance trouve ses origines en Italie vers le XIVe siècle, puis en Allemagne au XVe siècle avant de s'étendre dans toute l'Europe au XVIe siècle. Une date importante est 1453 avec la découverte des caractères mobiles utilisés dans l'imprimerie par Gutenberg. Cela a permis une meilleure diffusion du savoir : les livres étaient imprimés en grande quantité. Un autre fait important est la prise de Constantinople, aujourd'hui Istanbul, par les Turcs en 1453. Cet événement marque l'interruption du commerce entre l'ouest et l'Asie par voie terrestre. La recherche d'une voie maritime pour atteindre l'Asie par l'Ouest conduit l'Europe à explorer le monde. C'est le début des grandes découvertes, avec notamment la découverte de l'Inde par Vasco de Gama (1497-1498).

La Renaissance a plusieurs aspects :

- L'humanisme est un mouvement intellectuel qui remet en cause les idées scientifiques et philosophiques admises jusque là. Copernic et Galilée avancent de nouvelles théories.
- La renaissance artistique s'inspire des oeuvres d'art de l'Antiquité gréco-latine. La littérature s'inspire aussi de l'étude des écrivains anciens. Des écrivains et des poètes (Rabelais, Montaigne, Ronsard...) écrivent les premiers chefs-d'oeuvre de la langue française.
- En sciences, différents textes issus des civilisations arabes ont été traduits en latin. Certains de ces textes avaient été écrits par des Grecs dans l'Antiquité, comme les *Éléments* d'Euclide. Cette traduction permet aux Européens de s'intéresser à nouveau aux sciences.
- La Renaissance est aussi marquée par une remise en question de la religion et du clergé. La vision plutôt pessimiste de l'existence est remplacée par une vision optimiste, par une grande foi en l'homme et ses capacités. Un représentant typique de l'esprit de la Renaissance est Rabelais. La critique de la religion catholique et de l'Église, formulée notamment par l'Allemand Martin Luther, conduit au développement du protestantisme, puis aux guerres de religion dans toute l'Europe.

La Joconde par Léonard de Vinci
• 1503

Découverte de l'Héliocentrisme par Copernic
• 1543

Mise en place de la Lunette astronomique par Galilée
• 1609

Fin de la Renaissance en France avec la Guerre de Trente ans
• 1618

règne de François Ier (1515-1547) règne de Henri IV (1553-1610)

Léonard de Vinci

De son nom complet Leonardo di ser Piero da Vinci (Vinci, 1452 – Amboise, 1519) est un peintre et homme de sciences italien. Il a aussi de nombreuses cordes à son arc : sculpture, architecture et recherhe dans de nombreux domaines. Il incarne ainsi l'esprit universaliste de la Renaissance. Son œuvre la plus célèbre est La Joconde. Il influence encore maintenant le monde de l'art. Son travail scientifique a aussi été très important en parallèle à son art. En septembre 1515, François Ier le rencontre et lui propose de s'installer en France. Il traverse les Alpes à dos de mulet avec trois de ses toiles majeures : Saint Jean Baptiste, La Vierge, l'Enfant Jésus et Sainte Anne ainsi que la Joconde, aujourd'hui conservées au musée du Louvre. Léonard de Vinci, grâce à ce nouveau mécène, s'installe alors au château du Clos-Lucé, près d'Amboise. Il y conçoit des fêtes en l'honneur de la Cour et réfléchit à des projets d'ingénierie et d'architecture. Il y meurt le 2 mai 1519 à l'âge de 67 ans, après s'être consacré à la recherche scientifique et à des travaux d'architecture pour les châteaux royaux. Il lègue de nombreuses choses (documents, manuscrits, carnets, instruments...) à Francesco Melzi, son disciple préféré. Il est enterré au château d'Amboise.

Michel-Ange

Michelangelo di Lodovico Buonarroti Simoni (Caprese, 6 mars 1475 – Rome, 18 février 1564), dit en français Michel-Ange, est un sculpteur, un peintre, un architecte mais aussi un poète et un urbaniste italien de la Renaissance. Ses œuvres les plus connues sont universellement considérées comme des chefs-d'œuvre de cette période de l'histoire.

Gutenberg

Zur Laden zum Gutenberg, dit Gutenberg, est né vers 1400 à Mayence et mort le 3 février 1468 dans sa ville natale. Il était un imprimeur allemand dont l'invention des caractères métalliques mobiles a bouleversé la diffusion des textes et du savoir. Entre 1434 et 1444, la famille Gutenberg s'installe à Strasbourg. Il fait son apprentissage pour devenir orfèvre. Il se forme notamment à la ciselure et à la maîtrise des alliages. Il conçoit des caractères d'imprimerie résistants et reproductibles à l'infini. On lui doit les débuts de l'imprimerie.

Le château de Blois

Aile Louis XII

Aile François Ier

Le château de Blois se situe dans le département du Loir-et-Cher, en France, dans le centre de la ville de Blois. Il fait partie des châteaux de la Loire.

Celui que l'on visite aujourd'hui date principalement du XVIe siècle. Cependant, un château plus petit, avec une architecture différente, existait déjà au Moyen Âge.

Il a accueilli de nombreux rois durant la période de la Renaissance.

Situé au cœur de la ville de Blois, sur la rive droite de la Loire, le château royal de Blois réunit autour d'une même cour un panorama de l'architecture française du Moyen Âge à l'époque classique. Louis XII en fait sa demeure principale, au détriment d'Amboise et opère une reconstruction dans un style gothique tardif, sans fortifications et la création d'un jardin Renaissance aujourd'hui disparu. Il édifie également la chapelle Saint-Calais. Privilégié par Louis XII comme résidence d'hiver, le château de Blois devient le théâtre de rencontres diplomatiques.

Claude de France épouse en 1514 son cousin François d'Angoulême. Celui-ci monte sur le trône en 1515 et remeuble alors le château de Blois pour y installer la Cour. Cette même année, François Ier lance la construction d'une nouvelle aile, de style Renaissance et de l'escalier monumental. Mais après la mort de sa femme au château, en 1524, la construction s'arrête ; François Ier préfère alors le château de Fontainebleau à celui de Blois. Néanmoins, Blois n'est pas délaissée pour autant puisque Claude de France y avait mis au monde sept enfants, Blois devenant ainsi une sorte de « pouponnière » royale où sont éduqués les enfants royaux jusqu'à Catherine de Médicis. Sacré roi de France, le fils de François Ier, Henri II, fait son entrée solennelle à Blois en août 1547. Le château de Blois reste la résidence principale des successeurs d'Henri II et en particulier de François II mais également de Charles IX et Henri IV. Puis il est négligé et abandonné. En 1840, il est classé monument historique et peu à peu remis en état.

Le château est aujourd'hui la propriété de la ville de Blois depuis 1810 et accueille de nombreux visiteurs chaque année.